वो चलती जा रही है

प्रणव जीत सिंह

GenNext Publication

वो चलती जा रही है

ISBN : 978-93-8022-250-9
मूल्य : 150
भारत में सन् 2014 में प्रकाशित
जेनेक्स्ट पब्लिकेशन्स
सी-30, सत्यवती नगर,
दिल्ली - 110052
Phone : 9212142040
ई-मेल : genext@hotmail.com

टंकणकार्य: राजेन्द्र वशिष्ट, दिल्ली
मुद्रित: जी. प्रिंट प्रोसैस, दिल्ली

माता-पिता के नाम

अनुक्रमणिका

मैं हकीकत से दूर
सपनों की दुनिया में जीता हूँ
जो आँसू बाहर नहीं आते
उन्हें कलम से अक्षरों में पिरोता हूँ

–प्रणव

प्रस्तावना

यह मेरी पहली कविता संरचना है। इस संग्रह की हर-एक कविता मेरे लिए दिल के बेहद करीब है। इन कविताओं को लिखने का मुझे कोई और कारण समझ नहीं आता सिवाय इसके कि ये मेरी खुद की मेरे प्रति खोज है तथा मुझे कविता लिखना और उसमें खो जाना कहीं और ले जाता है। शायद वहाँ जहाँ अपने आप को खो कर भी मैं खुद को ढूँढ लेता हूँ। शायद वहाँ जहाँ मैं जाना चाहता हूँ।

प्रत्येक कविता को लिखते समय ऐसा आभास हुआ जैसे मैं किसी अनजाने सफर पर था, सफर जो कई बार मुझे, मेरे भीतर ले गया, कभी रोजमर्रा में घटित होने वाली घटनाओं की बारिकियों तक, कभी प्रकृति के रूपों को समाए हुए जीव-अजीवों तक, तो कभी उस पाठक तक जो कभी मेरी कविता पढ़ेगा।

इन कविताओं को लिखने से पहले मुझे खुद याद नहीं मैंने कब कोई हिंदी कविता पढ़ी थी। फिर भी यह कविता संग्रह मेरा प्रयास है आप सब तक मेरी कविताएँ पहुँचाने का। अगर किसी भी पाठक को मेरी एक भी कविता पसंद आती है, तो मैं समझुंगा कि इस कविता संग्रह को छपवाने का मेरा मकसद पूरा हुआ।

आभारोक्ति

सर्वप्रथम, मैं अपने परमात्मा के समक्ष शीश झुकाकर धन्यवाद देना चाहता हूँ, जिसने मुझे इस काबिल बनाया कि मैं ये कविताएँ लिख सका। परमात्मा द्वारा प्रदान की गई अदृश्य शक्ति बिना, एक भी पंक्ति लिखना संभव न था।

इसके बाद, मैं अपने दिल की सभी गहराईयों से हमारे 'हंसराज हॉस्टल' के मेरे मित्र 'राहुल महाजन' का शुक्रिया अदा करना चाहता हूँ जिन्होंने मेरी कुछ प्रथम कविताओं में से एक 'वो चलती जा रही है' को पढ़ कर मुझे कविताएँ प्रकाशित करवाने का सुझाव दिया। उन्होंने हर एक पड़ाव पर मेरा साथ दिया तथा मेरी कविताओं में मुझसे ज़्यादा विश्वास दिखाया। मैं उनका शुक्रगुज़ार हूँ। उनके बिना शायद ही मैं कभी कविता संग्रह के प्रकाशन के बारे में सोच पाता।

इसके पश्चात् मेरे कुछ मित्र–अविनाश आर्य, दीपक सांगवान, अपूर्व यादव, प्रवीण भैरो, शिवम त्रिपाठी, सुरम्य चंद्रा एवं नवीन सिंह को अनेक बार धन्यवाद देना चाहता हूँ जिन्होंने एक दिन के बहुत कम समय में किताब प्रकाशन में आने वाले प्रारंभिक खर्च में अपना अहम सहयोग दिया।

और अंत में मैं 'जेनेक्स्ट पब्लिकेशन्स' का आभारी हूँ जिन्होंने इस सपने को हकीकत में ढ़ाला तथा मेरी कविताओं को प्रकाशन के काबिल समझा।

प्रणव जीत सिंह

1

माँ

कभी हर रात
छोटे भाई से लड़ता था,
यह कह कर
कि
आज माँ के पास
मैं सोऊँगा।
याद है अब भी
उस लड़ाई में,
मैं कई बार जीता
जीत का मतलब था।
माँ के साथ
माँ के आँचल में सोना
आज तक
किसी और चीज़ में
वो सुख

और चैन
नहीं मिला
फिर क्यों
मेरी माँ को
आज शिकायत होती है।
मैं अब
कम बात करता हूँ?
समय
और उम्र ने
मुझे कितना बदल दिया है?
कभी-कभी
शर्म आती है।
और हाँ
ना अब कभी वो नींद आती है।
और हाँ

2

माता-पिता

तुम माँगो गीता
मैं कुरान दे दूँ।
तुम कहो गुरूद्वारा
मैं गिरजाघर कह दूँ।
तुम पूछो भगवान
मैं अल्लाह का ख्याल कर लूँ।
एक घड़ी रूको
मैं अपने माता-पिता को प्रणाम कर लूँ।।

3

टहनी से टूटा गुलाब

होगा बहुत उसे
पेड़ से प्यार
फिर भी एक क्षण में
तोड़ने वाले का
हो गया वो
टूटा हुआ गुलाब

एक क्षण में
कितना कुछ हो सकता है
जो कितने समय तक
किसी और का था
एक ही क्षण में
किसी और का
हो सकता है।

निश्चय ही,
तोड़ने वाला-
फूल और पेड़ के
प्यार को ना समझ पाया होगा।
या फूल को देखते ही
खुद
अपने आपको न रोक पाया होगा।।

बिना विरोध
फूल चला गया उसके हाथों में
कद्र होगी उसे
तोड़ने वाले की प्यार की
एहसास होगा उसे
पेड़ से ज़्यादा
उपज है वो किसी... माली के प्यार की।

अनजान है
क्या होगा उसके साथ?
क्या तोड़ने वाला
मात्र उसे सूँघके त्याग देगा?
पैरों के नीचे
कुचल जाने के लिए
यूँ ही कहीं फेंक देगा?

विश्वास
अपार किया होगा
उस तोड़ने वाले पर

टहनी से टूटे हुए
गुलाब ने अपने उस दीवाने पर
उस बेफ़िक्र मस्ताने पर।

एक क्षण
चाह रही होगी गुलाब की
उसे तोड़ने वाला
वो माली ही हो,
काम आ सके कुछ उसके
इस तरह
ना फूल की तरफ़ से बेवफाई हो।

4

मेरा गाँव, मेरा शहर?

लोग पूछते हैं
मेरा गाँव क्या हैं?
मेरा शहर क्या हैं?
क्या बताऊँ?
मुझे लगता है
मैं वहाँ से हूँ
जहाँ से
ये बारिश आती है।
छम! छम! छम!

5

किसान का पसीना

खेतों में बहता पसीना
बीज-बीज
को सींच
पौधे को करता पसीना।

गर्मी से पस्त
महनती
किसानों का
हौंसला बनता पसीना।

किसान का पसीना
सबसे पवित्र है
परिचित है
भूख से बहते आँसुओं का।

सबके पेट पहुँचता
किसान के तन से निकलता पसीना
खुद अपना पानी भूल
कितने घरों की रोटी बनता पसीना।

6

वो चलती जा रही है

मैं बालकनी में बैठा
एक अबला को देखता हूँ
उसके साथ एक बच्चा है
वो चलती जा रही है।

देख कर मालूम होता है
वो कोई मजदूर है,
एक हाथ से अबला
सर पर रखी परात
संभालती है।
तो दूसरे हाथ से
हर पल ख्याल रखती है
कहीं बच्चा गिर ना जाए
शाम का समय है,
लगता है काम से आ रही है
वो चलती जा रही है।

बच्चा उसकी छूलती हुई साड़ी को
मुहँ में दबाकर
आगे बढ़ता है
कभी थोड़ा भागता है।
वो इसी सब में
एक खेल ढूँढ लेता है
उसे तो ये भी नहीं पता होगा कि
ये साड़ी उसकी माँ की है
या किसी की दी हुई।

बच्चे को खेलता देख
मैं भी खुश हो जाता हूँ
पर हँसी छोटी रह जाती है,
कब तक हँस खेल पाएगा बच्चा
मैं नम हो जाता हूँ।

उस बच्चे के लिए ही
मज़दूरी करते होंगे वो कभी रहें कोमल हाथ
छोड़ो!
ये दृश्य बहुत अच्छा है
वो चलती जा रही है

मैं कुर्सी से उठता हूँ
दूर देखने के लिए
वो चलती जा रही है
बस चलने के लिए

7

इस धरती से

इस धरती को
जाने सूरज क्या कह
खामोश कर जाता है,
इसे वीरान
रात कर जाता है।

फिर इस धरती से
जाने सूरज क्या कह जाता है,
ये ज़्यादा देर
हमें
चाँद नहीं देखने देती।

पहले रात हुई
फिर हुआ दिन
दिन हो के भी रात रही
ओ चाँद! मेरी, तेरे बिन!

8

तुमने कहा था

तुमने कहा था
पहले तुम मुझे छोड़ दोगे
फिर छोड़ने में
तुमने क्यों जल्दी की?

तुमने कहा था
मेरा दिल कभी ना तोड़ना
फिर मेरा दिल तोड़ने में
तुमने क्यों जल्दी की?

तुमने कहा था
हम एक साथ चलेंगे
फिर रास्ता बदलने में
तुमने क्यों जल्दी की?

तुम ने कहा था
हम एक दूसरे के लिए बने हैं

फिर मुझे 'एक' करने में
तुमने क्यों जल्दी की?

तुमने कहा था
झूठ बोलना पाप है
फिर अपना नकाब उतारने में
तुमने क्यों...देर की?

9

उसके शहर की फ़िज़ा

उसका शहर
मुझे उससे प्यारा है,
वहाँ की फिज़ाओं ने
हर रोज़ उसे सवाँरा है।

शांत सुबह
गुलछरे उड़ाती शाम है वहाँ,
ना वो मेरी है
ना अब मैं हूँ वहाँ।

उसके शहर की फिज़ा
उसकी उलझी जुल्फ
देख आती है,
इन्हें वहाँ जा
सुलक्षा क्यों नहीं आते
मुझसे कह-कह रह जाती है।

10

बरगद

मेरा गाँव
जहाँ से शुरू होता है
वहाँ
एक बरगद का वृक्ष है
बहुत वृद्ध
बहुत फैला हुआ
बहुत छायादार
मैं कुछ देर
उसके नीचे शांत बैठना चाहता हूँ।

11
बेनाम रिश्ता

बेनाम रहने दो
हमारे इस रिश्ते को
कि
हर मुमकिन रिश्ता तो यहाँ
बदनाम रह चुका है।
बाप, भाई, पति
हर कोई तो यहाँ
बलात्कारी रह चुका है।

कभी आग की भेंट
चढ़ी है वो लड़की,
जो बहुत शौक से
किसी की पत्नी बनकर आई थी।
कभी प्यार में फसी अपनी लड़की को मारकर
बाप ने
उसकी मौत की झूठी खबर फैलाई थी।

कभी कोई 'तंग'
बना है
अपनी बीवी
और बच्चों का हत्यारा,
कभी किसी जोड़े ने
जमाने के डर से
चलती रेल के
आगे कूद अपनी जान गँवाई थी।

तो कभी
समुद्र जैसे गहरे प्यार
करने वालों ने
जिन्होंने हर रिश्ता
पीछे छोड़ शादी रचाई थी,
किन्हीं साथी के संग मिलके
अपने 'साथी' की
कामयाब
लाश की योजना बनाई थी।

12

मुझे उससे प्यार है

जो दर्द
मुझे लिखने को
मजबूर करता है,
जो फूल
भँवरे को खुश रखता है,
जो पानी
रेगिस्तान में
प्यासे मुसाफिर को मिलता है।

मुझे उससे प्यार है
जो किरण नदी पर
पड़ती है,
चमकते हुए जल को
और चमकाती है

मुझे उससे प्यार है
जो कबूतर मेरी
खिड़की पर आकर
रोज़ मुझे जगाता है,
नया दिन, नई उम्मीद
का एहसास दिलाता है
जो सब छोड़कर
खास मेरे लिए आता है।

मुझे हर उस चीज़ से प्यार है
जो मेरी कविता है।

13

हाँ, मैं कुछ परेशान हूँ

हाँ, में कुछ परेशान हूँ
इतना कि कहीं चैन नहीं मिल रहा,
सोचा कि कलम और कागज़ लेके बैठूँ
पर रोज़ कविता भी तो नहीं लिखी जा सकती।

फूट-फूट कर रोने को जी चाहता है,
पर कुछ लिखके कुछ अच्छा लग रहा है।
हाँ, में कुछ परेशान हूँ
तभी कुछ रातों से सोया नहीं हूँ

अभी सभी दर्द लिखे तो नहीं जा सकते,
इस वजह से अपने पराये तो नहीं किये जा सकते।
थोड़ी सी खुशी के लिए भटकता, अपने आपको पाता हूँ,
कितनों के बीच अकेला अपने आपको पाता हूँ

जिन होठों पे हमेशा हँसी रहती थी,
उस चेहरे पे, लोगों ने कहा, आज उदासी थी।
हाँ, मैं कुछ परेशान हूँ
इतना कि कहीं चैन नहीं मिल रहा।

कुछ नहीं पर होने को सब है मेरा कसूर
अपनी खुशी अपने हाथ ही तो होना चाहिए जिंदगी
का दस्तूर,
मेरे लबों पे फिर से हँसी छा सकती है
छा रही है
मैं गलत था, कविता रोज़ लिखी जा सकती है।

14

रात है, मैं रो रहा हूँ

अकेलापन कितना अच्छा है
किसी को पता नहीं चलेगा मैं रो रहा हूँ,
अकेली रात है मेरे साथ
रात अपना काम कर रही है
सबको सूला दिया है
अब किसी को पता नहीं चलेगा मैं रो रहा हूँ।

रात इस समय
बहुत सन्नाटे में है
पता नहीं खुद सोती भी है
या बस सबको सुलाती है
अगर रात का नाम सोना है तो
मैं अब ये नहीं मानता
पर ये एक काम अब भी कर रही है
वो ये कि
किसी को पता नहीं चलेगा मैं रो रहा हूँ।

आज रात, रात के बारे में सोचने का दिल कर रहा है
आज रात मैं रो रहा हूँ।
ये रात कब तक देगी मेरा साथ
सूरज को कौन रोक सका है?
मुझे वो सूरज बनना है
अब सूरज को तो तुम सब भी जानते हो।

ये रात बढ़ती जा रही है
आँखे आँसू बरसा रही है
तुम-भूल गए, मैं आज रो रहा हूँ।
सुबह तक ये तकिया सूख जाएगा
और
किसी को पता नहीं चलेगा मैं रो रहा हूँ।

सच तो ये है
मैं रोते समय कुछ लिख न सका था,
ये सब मुक्कमल हुआ
जब आँसुओं का सागर सूख चुका था।

15

तुम्हारी तस्वीर

तुम्हारी तस्वीर
को देखकर लगता है
कल परसों की बात है
सच है,
तीन साल हो गए
मुझे स्कूल
और तुम्हें मुझे छोड़े।

काश!..
सब कुछ
पीछे पहुँच जाए
पर समय
घटने नहीं
बढ़ने वाली चीज़ है
चलो!

ऐसा हो भी तो
तुम क्यों
जाना चाहोगी वहाँ?
वहाँ मेरा सब छूटा है
तुम्हारा कहा कुछ ऐसा नहीं
तुम्हारा वहाँ कुछ ऐसा नहीं

तुम्हारी तस्वीर से
नज़रें मोड़ लेता हूँ,
अच्छा होगा!

16

सब 'खास' के बीच मैं

वैसे तो कभी
कुछ लिखने के लिए
खास हालातों की जरूरत नहीं हुई,
पर किसी 'खास' ने अभी कहा
'खास' मौसम है।
आप कुछ लिख लीजिए
आप खास लिख सकते हैं।
मैं शुक्रगुज़ार हूँ इस खास का
जिसने उस खास को समझा
जिसे मैं 'आम' ना समझ सका था।

मैने भी कुछ देर सोचा
और निर्णय लिया
कलम थी
और उससे कागज़ का आग्रह किया
ये समझने में अब भी नाकाम हूँ

किसने लिखने को मजबूर किया?
इस खास मौसम ने?
साथ बैठे खास ने?
या मेरी ही
मेरे लिए खास आदत ने?

पहले तो लिख दूँ
मुझे फक्र है इस खास पे
जिसने कहा आप कुछ ले लीजिए
आप खास लिख सकते हैं
इस खास मौसम में
इस खास हवा में।

देख रहा हूँ
किस तरह पेड़
इस हवा को चला रहे हैं,
एक दूसरे को सराह रहे हैं
पत्तियाँ बहुत खूब झूल रही हैं।
वाह! क्या मौसम है! क्या हवा है! क्या साथ है!
सूरज की मंद होती किरणें
हवा में बढ़ती हुई ठंडक
गरम दिन के बाद सबको लुभा रही है।
मैं शुक्रगुज़ार हूँ
इस खास का
जिसने कहा आप कुछ लिख लीजिए।

अब लग रहा है
अंतहीन लिखता जाऊँ
लिखता जाऊँ, लिखता जाऊँ।
पर एक दिन
अंत तो मेरा भी होना है!

फिर इस कविता को अधूरी
कैसे छोड़ा जाए?

बच्चों के छोटे-छोटे गुट
जहाँ तहाँ बैठे हैं
इस राउँड टेबल पर—हम दो ही बैठे हैं
वाह! क्या मौसम है! क्या हवा है! क्या साथ है!
मैं शुक्रगुज़ार हूँ इस खास का!
कॉलेज खत्म हो चुका है
कोई कुछ दोस्तों के साथ
खा रहा है,
तो कोई घर को जा रहा है
हम दो बैठे हैं
हमें कुछ खास लग रहा है!

ये 'खास'
बहुत देर से
कुछ खास का इंतज़ार कर रहा है
देखते हैं, पूछते हैं
मैं इतने सब 'खास' में
कुछ 'खास' लिख पाया या नहीं?

कतई मन नहीं कर रहा रूकने का
मैं लिखना चाहता हूँ,
वाह! क्या मौसम है! क्या हवा है! क्या साथ है!
मैं
नज़र-घुमाके देखता हूँ,
अरे! सब जा रहे हैं
वो खास हाथ में किताब लिए
अब भी
कुछ खास का इंतज़ार कर रहा है
मैं, उसकी अमानत
ये कविता
उसे सौंप देता हूँ।

17
'चार यार बचाकर रखना'

खो ना जाना
पथिक तुम जटिल राहों में,
अपना होश रखना
हो ना जाना
गुमनाम इस भीड़ में
अपने नाम का ख्याल रखना
चप्पल ना
टूट जाएँ तुम्हारी आंदोलनों में
नेता की जूती से
अपनी नज़र छिपाकर रखना
चुरा ना
ले जाए तुम्हें कोई चोर
सब ताले बंद कर रखना
मर ना जाएँ
बचपन से ठहरी इच्छाएँ
इस जहरीली हवा से

खुद को बचा कर रखना
हो ना जाना
सबसे पत्थर
कंधों पर आखिरी सवारी के लिए
चार यार बचा कर रखना।

18

'मेरे दोस्त अच्छे हैं'

एक दोस्त को
चाय पीनी थी
मैं चाय तो नहीं
पी सकता था।
(दाँत में बहुत दर्द था)
पर उसका साथ
देने के लिए
मैं उसके संग हो चला।
पहुँच गए
'सुदामा जी' चाय वाले पर
दोस्त चाय के लिए खड़ा था
और मैं पास लेटे
लट्ठे पर बैठ गया
इतने में ही
अज़नबी
तीन दोस्त आए

अज़नबी मेरे लिए
दोस्त एक-दूजे के लिए हैं
एक बैठे दोस्त ने
एक खड़े दोस्त से कहा-
ज़रा चाय लाना
खड़े दोस्त ने कहा-
मैं विष्णु का अवतार थोड़े ना हूँ
मेरे तीन हाथ थोड़े ना हैं

में कैसे लाऊँ चाय
जा खुद ले ले
उसकी इतनी बड़ी
'ना' बिना 'ना'
सुनके
एक ख्याल आया!
शुक्र है!
मेरे दोस्त अच्छे हैं।

19

'इस बार ज़ख्म'

इस बार ज़ख्म
लगा तो
मैं दवा-ए-जहर पी लूँगा,
मत रोकना मुझे
ना मैं सोचूँगा तुम्हें
मैं अगिन माँ तक को चूम लुँगा।

20
‘बारिश आई थी’

कुछ देर
लाइब्रेरी में बैठ
जब बाहर निकले
तो

गीला फर्श देख
किसी ने पूछा
इसे धोया गया है
या बारिश आई थी?

हमने कहा–
क्या तुम
मिट्टी की ये खुशबू
नहीं महसूस कर सकते
क्या तुम
इन पत्तों पर छाई

नई मुस्कान नहीं देख सकते?
और जब तक
वो समझ गया
बारिश आई थी
भले ही कुछ समय के लिए।

21

'कच्ची सड़क सा मन मेरा'

कच्ची सड़क सा मन मेरा,
किसी गाँव तक जाता मन मेरा।

कच्ची सड़क सा
मन है मेरा
फिर भी तो ये
लोगों को पैदल
गाँव तक पहुँचाता है,
और कितनी बार
धीमी चलती सवारियों का
बोझ
देर तक झेल जाता है
फिर भी
सब कोसते हैं इसे?

कच्ची सड़क सा मन मेरा
कच्ची सड़क
कसूर किसका, पूछता मन मेरा

22

'गवारा नहीं'

गवारा नहीं
इन आँखों को
अब ये किसी और को देखें
देखकर उसे इतनी खो जाएँ
के फिर से सोना भूल जाएँ।

गवारा नहीं
इस दिल को
ये किसी और का हो जाए
कदमों से कर चूर
इसे कोई फर्श पर फिर बिखरा छोड़ जाए

गवारा नहीं
इन साँसों को
अब किसी और के लिए चलना
के कोई इनमें इतना समा जाए
कत्ल हो मेरा, और वे मेरी साँसें रोक जाए

23

‘आओ, ... वहाँ चलें’

आओ, वहाँ चलें
जहाँ आग और धुँआ
मिलते हैं
जहाँ ये
सूरज और धरती मिलते हैं

आओ, वहाँ चलें
जहाँ आत्मा और तन
मिलते हैं
जहाँ ये
मस्तिष्क और मन मिलते हैं
आओ, वहाँ चलें
जहाँ छत और फर्श
मिलते हैं
जहाँ ये
दिन और रात मिलते हैं

या फिर
आओ, वहाँ चलें
जहाँ आसमाँ और नदी
मिलते हैं...
बहुत दूर
जहाँ इंसान के बनाए
ऊँच और नीच मिलते हैं।
गए हो वहाँ कभी?

24

‘फुटपाथ’

दिल्ली के
एक बड़े
बस स्टॉप से कुछ दूर
बने फूटपाथों पर
मुझे, चलते हुए कम
लेटे हुए लोग
ज़्यादा नज़र आते हैं।
देश के
कई और हिस्सों
का भी यही हाल है।

अचंभा है!
ना सरकार की
कोई योजना
इन तक
पहुँच पाती है

ना कागज़ों पर स्थित
करोड़ों वाली स्कीम
इन्हें
सुरक्षित छत दे पाती है
हाल ही में
किसी योजना के अन्तर्गत
टीन के बड़े
आकार बना दिए गए हैं
उन्हें नीला रंग दिया गया है
उनके लिए जिनकी जिंदगी बेरंग है
और कुछ तखत
इन लोगों के लिए पटक दिए गए हैं।
ये मोटी टीन के
घर
घर नहीं घोटाले!
इतने हैं
जो एक उँगली
पर बनी मोटी
रेखाओं पर गिने जा सकें
और उन
बेबस गरीबों को
गिनने के लिए
आपको
सौ पार तक
तो गिनती आनी चाहिए।

25

'गुलमोहर के फूल'

धरती पर
गुलमोहर के फूल
बिखरे पड़े हैं
जो अभी-अभी खिले थे
गुलमोहर के फूल!
कल रात तूफान आया था।

26

‘ज़िंदगी का क्या है’

ज़िंदगी का क्या है
हम इसे झूठी हँसी
हँस जी लेंगे

ज़िंदगी का क्या है
विष को
अमृत समझ पी लेंगे
हर हार को
अपनी-जीत समझ जी लेंगे

जी लेंगे इसे ऐसे
उसे खबर तक ना हो
वो कविता तो पढ़े
स्याही पर मेरे आँसुओं की छाप तक ना हो

27

'तमीज़'

बात की उन्होंने हमसे पहले दफे
दफ़ा शायद अब ये अखिरी हो

उन्होने कुछ ऐसा कहा और कहते गए
हमसे बुरा शायद उनके लिए कोई हो

उनके प्रश्न का उत्तर देने के लिए
हमने उनसे प्रश्न किया

बहुत ही नीचे स्वर में हमने कुछ जानना जब चाहा
वो बोले तुमने मेरा जबाब तमीज़ से नहीं दिया

पहली बार बात हो रही थी
पहली बार ही हमसे किसी ने ऐसा कहा
मैं दो साल से सब सह रही हूँ
मेरी ग़लती क्या है, उन्होंने उस प्रश्न में कहा

उनका भी वो ही प्रश्न रहा
हम भी उनसे पूछते रहे
तुम तमीज़ से बात नहीं कर सकते
मेरी हर बात पे वो यही कहते गए

चलिए तमीज़ आने पर ही ये कविता पूरी करूँगा
डरता हूँ मेरी कविता तो मुझसे खफा न हो
बात की उन्होंने हमसे पहले दफ़ा-दफ़े
दफ़ा शायद अब ये आखिरी हो!

28

'ऐ मन'

ऐ मन बता तुझे क्या चाहिए
किसमें है तेरी खुशी
किस चीज़ की है कमी
कहाँ जाना चाहता है
कहाँ ठहरना चाहता है
यूँ ही तो नहीं चलते रहना चाहता है
ऐ मन उठ, कुछ बोल तो सही
तू कुछ बताता क्यों नहीं?

क्यों दबा दबा रहता है,
इतना डरा-डरा सा रहता है
मुझे ज़माने का डर हो तो हो
तू ना कभी मुझसे डरना
मेरे लिए तू जरूरी है, जमाना नहीं
ऐ मन बता तुझे क्या चाहिए
ऐ मन उठ, कुछ बोल तो सही

तू कुछ बताता क्यों नहीं?
अब भी जस का तस है तू
कविता खत्म होने का इंतज़ार कर रहा है
मैं समझ गया
तुझे भी कमबख्त ज़माने का डर सता रहा है
ऐ मन बता, तुझे क्या चाहिए
मैं कोशिश करुँगा पूरी हों तेरी तमन्नाएँ
ऐ मन उठ, कुछ बोल तो सही
क्या तुझे अब मुझ पर भी विश्वास नहीं?

29

'वो चेहरा'

'मैं कुछ सोचता हूँ
कुछ चित्र
दिमाग में आते हैं।
कहीं तुम,
स्कूल बैग लटकाए
खड़ी हो, कहीं तुम
स्कर्ट की जेबों में हाथ दिए
बहुत खामोश, आँखें झुकाकर
सीढ़िया चढ़ रही हो।
इसके बाद
सब कुछ जोड़-तोड़कर
तुम्हारा चेहरा बन आता है।
वो चेहरा
जो अब मुझे
देखने को नहीं मिलता
दिमाग वाले चहरे में

सब
अधूरा-अधूरा देख पाता हूँ
अधूरी हँसी,
अधूरी फिक्र अधूरी बेफिक्री।
इन आँखो को लगता है
ये धोखा है,
क्यों उन्हें दिमाग
वो चेहरा दिखाना चाहता है।
जिसे देखना अब मुमकिन नहीं
मुमकिन हो भी तो कैसे?
शहर बदल चुके हैं
दोस्त बदल चुके हैं
हालात बदल चुके हैं
और उस चेहरे को
देखने वाले
खुशनसीब बदल चुके हैं
नहीं बदल पाया
तो मैं अपना प्यार।
उस चेहरे को
मैं, कविता में
उतारने की कोशिश कर रहा हूँ
नाकाम होने का डर है!
तुम्हारे चेहरे में अदाएँ बहुत थीं
और मेरी कविता 'एक'

30

'तावीज़'

अम्मी ने तुम्हारी
तुम्हें तावीज़ से सँवारा है
क्या खूब तरीका कर
तुम्हें नज़र ना लगे
दुनियाँ की नज़रों से बचाया है।

अम्मी से
तुम्हारी
मेरी, हो बात
मैं कह दूँ
अम्मी इसमें
कुछ ऐसा भी मंत्र बँधवा देती
मेरी नज़र न इस पे पड़ती।

31
'खत चुप रहते हैं'

खत कैसे चुप रहते हैं
नहीं कभी कुछ कहते हैं
कहें भी तो कैसे
जानते हैं
उन्हें लिखने वाला
खुद वो चीज़ें ना कह पाया था।

खत
कभी किताबों में छिपा दिए जाते हैं,
कभी किसी दिल में घर कर जाते हैं।
ये ही खत।
कभी इतिहास बन उभर कर आते हैं,
खुद किसी से कभी कुछ कहते नहीं ये खत

खत
कभी फाड़ भी तो दिए जाते हैं

प्यार के फरमान
ठुकरा भी तो दिए जाते हैं
उन्हीं खतों को सोचकर,
कुछ बेनाम
नामी शायर बन जाते हैं।

तो कभी
सालों तक कैद किए हुए
खत, जला दिए जाते हैं
ये सोचकर,
पता नहीं क्या सोचकर?
जलते समय भी
खत चुप रहते हैं
कहें भी तो कैसे?

32

'पूजा'

एक शहर
शहर में चौराहा
शहर का सबसे बड़ा चौराहा!
जहाँ लगी है
सबसे बड़ी ट्रैफिक लाइट
सबसे बड़ा चौराहा!

जाम लगना है आम
यहाँ,
बदलती है
ये ट्रैफिक लाइट अपने रंग
बदलती हैं
जाम में खड़ी गाड़ियाँ!

जो
मैं नहीं देखता
बदलता हुआ
वो है

इन गाड़ियों के पास
एक लड़की का आना!

जो सात साल की है
जिसका नाम 'पूजा' है
जिसके पैरों में चप्पल नहीं हैं,
जिसके बाल हमेशा
मिट्टी से ढँके रहते हैं
जिसके बदन पर बहुत कम
कपड़े हैं।
(इस धूप ने
उसे और काला कर दिया है)
जो आते ही
गाड़ी के शीशे पर हाथ मारती है
जिसे देखते ही
सब कहते हैं
कोई भिखारी है!
हाँ! हाँ! भिखारी!

वो छोटी लड़की भिखारी है
इसलिए नहीं
क्योंकि वो छोटी है
बल्कि इसलिए
क्योंकि उसके हाथ में कटोरा है।

33

'मेरी लकड़ियाँ'

बरसात आने को है
मेरी लकड़ियाँ अंदर करवा दो
आज जो ये भीगी
तो चूल्हा मुश्किल से जलेगा।

34

'एक दरवाज़ा'

मैं भटकता–भटकता
एक दरवाज़े पर पहुँचा
पूरा शहर सोया हुआ था
फिर भी

दरवाज़ा खुल गया
दरवाज़े से एक औरत
बाहर आई, और बोली
'तुम आ गए!

इतने–जन्मों से मैं इन्तज़ार में थी
शुक्र है! तुम आ गए!
ये साँसे कुछ और दिन की साथी थीं

इतना सुन
एक अजीब सी कम्पन
मेरे बदन में उतर गयी
उसकी साँसो की सुन
मेरी साँसे जस-की-तस रह गईं
वो फिर बोली-
आओ अब अन्दर
तुम बहुत देर से भटक रहे हो।

35

'ओ चौमासे के पानी'

ओ चौमासे के पानी
सूखी पोखर हूँ मैं
मत आना
इस चौमासे मेरे पास
साल–भर रहती
खोखली ज़मीन हूँ मैं

तू अपना
खेल दिखा कर चला जाता है
मेरे गाँव के
बच्चों को मेरे पास
इकट्ठा कर चला जाता है।

ओ चौमासे के पानी
सूखी पोखर हूँ मैं
तभी तो

तेरे बाद
मुझे ये सब
अकेला छोड़ जाते हैं,
तपते सूरज के थप्पड़
मेरी छाती पीट जाते हैं।

किनारे सूख जाते हैं मेरे
घाव उभर आते हैं मेरे
ओ चौमासे के पानी!
मत आना
इस चौमासे मेरे पास!

36

'कल रात की आँधी'

कल रात की आँधी
जलता दिया बुझा गई

मैं होता यहाँ
तो कुछ भी करता
पर दिया ना बुझने देता
पर मैं पहुँच गया था वहाँ
जहाँ मुझे होना ना था।

जब तेल खत्म था
अपने आँसू तक इसे पिलाए थे
ये अखिरी जलता दिया था
दिये तो मैंने पहले कई जलाए थे
कल रात की आँधी...

37

‘रंग’

मेहंदी का पत्ता टूट
सूर्ख रंग बन
तुम्हारे
हाथों पर रच जाएगा,
और उस दिन
मेरे खून
और तुम्हारे
हाथों का रंग सच हो जाएगा।

38

'चहचहाते पक्षी'

पेड़ों के नीचे बैठ
सुन रहा हूँ
चहचहाते
पक्षियों की आवाज़
जो पक्षी एक से नहीं हैं
सिवाय उस एक के
जो उन्हें
पक्षियों की श्रेणियों में बाँटता है-
उनका उड़ना।
क्यों ना
उड़ा लाएँ
मुझे ये अपने साथ।
मेरी छोड़ो
पक्षियों की कहता हूँ
कोई टिर-टिर कर रहा है
कोई काऊँ-काऊँ

कोई मधुर
हामी भर रहा है
किसी की आवाज़ को
शब्द देना संभव नहीं हो पा रहा है
कहा था ना
'पक्षी एक से नहीं हैं'
सब एक एहसास के मारे हैं
वो एहसास, ये चहचहाते-चहचहाते
आज मेरे कानों में आ पुकारे हैं

39

'हत्यारी बिजली'

सुहाना मौसम था
फिर क्यों
हत्यारी बिजली

मुझ पर गिर गयी
अच्छे भले को
धरती में समा गयी।

कहती थी
'हमें तुम्हारी हँसी पसंद है'
फिर क्यों
सुहाने मौसम में
हँसते-हँसते
मुझे रूला गयी।

मैं उस बिजली से
पूछता हूँ
तुम क्यों इतना चमकती थीं

मैं तुम्हारा दीवाना हो जाऊँ
'तुम क्यों इतना हँसती थीं
मैं हँसने का अदि हो जाऊँ'
'तुम क्यों आ गिरी मुझ पर
उन बादलों की तो हो कर रहती
जिनका हवाला देकर
कहती थी
मैं नहीं गिरुँगी तुम पर'।

40

'मेरी प्रेरणा'

किसी की प्रेरणा
बनी है
निरन्तर बहती नदी,
किसी की प्रेरणा
बना है
वर्षो से खड़ा हिमालय,
किसी की
खिलते फूल,
दौड़ती गिलहरियाँ,
बरसता बादल,
वो सुंदर चाँद
सबसे शक्तिशाली
सूरज!

मेरी प्रेरणा
कम-से-कम इस समय
है वो
बूढ़ी औरत
(इतनी बूढ़ी जो बस जिंदा है)
जो हमारे कॉलेज में
कूड़ा बीनने आती है
बोतले इकठा करने
आती है।

जिसकी कमर
अब सीधी नहीं रहती
उसकी रीढ़ की हड्डी
उसका साथ नहीं देती
फिर भी
वो आती है
कूड़ा बीनती है
पतली लाठी का
सहारा लेकर चलती है।

चश्में हमेशा
नाक तक गिरे रहते हैं
मुझे वो चश्मा
भोज प्रतीक होता है
पर इससे भारी
वो कूड़े से भरा कट्टा
पीठ पर लादके चलती है।

और कट्टा
थोड़ा भर जाने पर
वो कहीं
कोने में जगह देखकर
अपनी बीड़ी जलाती है।
अकेली!
मुझे उसे बीड़ी
पीता देख
अच्छा लगता है!
कूड़ा बीनने से अच्छा!

अलबत्ता!
ये कूड़ा
ये भोज
ये इधर-उधर पड़ी बोतलें
उसकी रोटियाँ हैं
और खुद
वो मेरी प्रेरणा है।

मुझे जब भी
दिखती है वो
मैं कहता हूँ -
दादी! राम-राम!
इतना कहकर
मैं सीधा चल देता हूँ

और
जो कुछ भी वो बोल
पाती है
उसमें मुझे
खास दुआओं की आवाज़ आती है।

41

‘मेरी आँखों का मतलब-बेमतलब

कितनी बार कहा है मैंने
मेरी आँखें पढ़ लिया करो,
तुम्हारे प्रति प्यार
मेरी आँखों का मतलब समझ लिया करो।

मैं कसम खाता हूँ
मैं झूठ बोल सकता हूँ, मेरी आँखें नहीं
हँसी झूठी हो सकती है
मेरी आँखों के आँसू झूठे नहीं।

मेरी आँखों में
दो पल देखो
तो मिलजाए तुम्हें
इस हँसी की वजह-
उदासी का राज

कुछ खोने का गम
कुछ पाने की खुशी
मिलजाए तुम्हें
तुम्हारे प्रति प्यार,
पर मेरी आँखों
का मतलब ढूँढ़ना
तुम्हें सबसे बेमतलब लगता है।

42

'इस खिड़की को'

इस खिड़की को
बंद रखा करो,
यहाँ रातें तूफानी होती हैं।
लकड़ी के बीच कैद
खिड़की का
शीशा तोड़ने की शौकीन होती हैं।
चलती हैं
ऐसी आँधी यहाँ
जो बहुत बेरहम होती हैं।

43

'अटक गया हूँ'

लेखिका की
एक तस्वीर
देख, अटक गया हूँ
तस्वीर में अटकी
उनकी कलम की तरह!

44

‘बहती नदी’

तू मेरे रास्ते का शहर
बहती नदी हूँ मैं,
पर्वतों के साये में
आई हूँ बहती।
मुझे विशाल समुद्र में
मिल, खो जाना है
तुझ शहर से भी विशाल!

कहीं बनाए गए सेतु-मुझ पर
कभी बाँधा मुझे बाँधों ने
फिर भी,
मैं पहुँच आई तुझ तक
तू मेरे रास्ते का शहर
बहती नदी हूँ मैं!

बहती रहूँ सदा
इसलिए अपने किनारों
को दूर रखा
ओ निर्दयी नदी!
समझ हमारे प्यार को
मुझसे मेरा हर किनारा कहता रहा।

उनकी छोड़, खुद की छोड़
मैं सबकी सोचती रही
रास्ता कैसा भी आया
मैं निरन्तर बहती रही।

अब तू ना मुझे रोकना
तू मेरे रास्ते का शहर
बहती नदी हूँ मैं!

45

‘ज़न्नत है मेरा हॉस्टल’

हर कविता
लिखने के बाद
मुझे कोई
चुभन जकड़ लेती है।

वो चुभन कहती है
हॉस्टल पर कविता
लिखो ना अब,
दिन कुछ कम
बचे है अब।
कविता क्या जाने
ये हॉस्टल मुझ में
जिंदगी भर के लिए
बस गया है।

मेरी कविता
मुझे क्षमा करना!
ये एहसास
मैं ना लिख पाऊँगा
किसी ओर को
ये दास्ता ना सुना पाऊँगा
बस इतना कह देता हूँ
'ज़न्नत है मेरा हॉस्टल'
और
ज़न्नत का हो जाने वाला,
कहाँ उसका बखान कर पाता है।

46

‘वो शहर, वो पुल’

हमें खो कर
कुछ ना उस
शहर का घटा है,
तुम न बताओ
हमें उस शहर का
हर हाल पता है।

लुटा था
खुद अपने दिल
मैं उस शहर में,
तुम्हारे घर की तरफ
बहुत भारी-भारी
पत्थर है उस शहर में।

नया पुल
बना है

तुम्हारे घर के रास्ते में
कोई कहीं पहुँच जाए
हमें कहीं ना
पहुँचा पाएगा वो पुल।

ना पुल का
दोष है
ना उस शहर का
दोष तो बस
उसमें है
जो मैं हूँ।

47

'सुंदर सफेद'

माफ कीजियेगा
मैंने तुम्हारे
कान का सफेद देख लिया था
गलती से
ये सफेद
मेरी आँखों में पड़ गया था।

मैंने पहले भी
कुछ सफेद चीज़े देखी हैं
सफेद चाँद
सफेद फूल
सफेद बर्फ।
बहुत सुंदर है ये सफेद।

जो सफेद
अब तक
बस तुम्हारा था
कुछ समय से
थोड़ा-सा जाने-अनजाने
मेरा भी हो गया है
इस सफेद, कोरे कागज़ पर
अधूरी सी कविता हो गया है।

48

'कह दो मुझ से प्यार नहीं'

के कह दो
तुम्हें मुझसे प्यार नहीं,
अब इससे ऊपर
कोई और अत्याचार नहीं।

के उस 'ना' से
मेरी सब आस खत्म हो जाए,
धड़कन मेरी!
फिर से मेरी हो जाए

रोज़ ये
शाम कोई सवाल कर चली जाती है
रोज़ कोई हँसी
मुझ पर हँसकर चली जाती है

आँगन की
हरी घास अब सूखने लगी है
ज़िंदगी मेरी!
खुद मुझसे रूठने लगी है

लगी हैं
साँसे मेरी कोसने मुझे
'उसके सिवा'
हमसे भी प्यार नहीं तुझे'

के कह दो
तुम्हें मुझसे प्यार नहीं
के तुम्हारा
इन्तज़ार खत्म हो
और
मौत आने पर ये आँखे बंद हो जाएँ।

49
'तपती धरती'

अब
खासी धूप
दिन भर रहती है,
ये तपती धरती भी
सूरज के आगे
चुप रहती है।

गर्मी से
हाहाकार
मचा रहे लोग
जिसे जननी मानते हैं,
उस माँ की
तपन को नहीं
समझ पा रहे लोग।

धरती का
दु:ख देख
ये बादल ही कुछ शर्माता है,
कुछ-ना-कुछ करके
धरती के लिए
उसका पानी बरसाता है।

बूँदों को
महसूस कर
ये धरती खुश होती है
जब गरम दिन के बाद
कुछ बारिश होती है
प्यार को
नफरत होते देखा है
ऐसी भी जगह मुझे बता दो
जहाँ नफरत
फिर प्यार होती है।

50

'तो बताओ?'

तुम कहते हो–
तुम्हें नींद नहीं आती?
आ जाए।
तुम चैन
बन जाओ तो बताओ?

तुम कहते हो–
तुम्हें ये दिल नहीं लगाना?
लगा लूँ।
दिल बस
चाहने से लग जाए तो बताओ?

तुम कहते हो–
यूँ रूठना कहाँ से सीखा है?
मान जाऊँ
तुम मुझे
मना पाओ तो बताओ?

तुम कहते हो–
तुम्हें कुछ बनना नहीं?
बन जाऊँ ।
बना रह जाऊँ
तो बताओ?

तुम कहते हो–
तुम्हें दौलत नहीं कमानी?
कमा लूँ।
तुम कफन में मेरे
जेब सिलवा दो तो बताओ?

तुम कहते हो–
तुम्हें कविता भी नहीं लिखनी?
लिख दूँ।
कोई मेरी कविता
अमर कर जाए तो बताओ?

51

'उड़ते कबूतर'

मैदान पर
बैठे अनेक कबूतर,
पहले इकट्ठे बैठे थे
फिर इकट्ठा हो कर उठे,
और फिर,
अपने आपको बराबर बाँटकर
चारों दिशाओं में उड़ गए।

मैदान है हमारा हॉस्टल
कबूतर हैं मेरे दोस्त
और
आलम है 'ग्रेजुएशन' के अन्त का

52

'मैं हँसता रहता हूँ'

मेरे
करीबियों को शिकायत है
मैं खामोश रहता हूँ
मेरे साथ रहके देखो
मैं हँसता रहता हूँ।

बस बात
इतनी सी है
उनके सवालों के
मैं
जबाब नहीं दे पाता
उनके ख्यालात
अपने ख्यालातों ख्यालात
से नहीं जोड़ पाता

कि कभी
फुर्सत मिली तो
सब जवाब दूँगा
पर उम्मीद है
कुछ ऐसा हो जाए,
मुझे जवाब
देने की जरूरत ना पड़े
और उनका सवाल
मेरा जवाब हो जाए।

फिलहाल
के लिए
मत सोचो
मैं खामोश रहता हूँ
मेरे साथ रहके देखो
मैं हँसता रहता हूँ।

53

‘मैं पागल हूँ’

कभी–कभी
लगता है
मैं पागल हूँ
या
सब मुझे पागल बना रहे हैं
हा! हा!
मैं पागल हूँ
इतने लोग
मुझे पागल क्यों बनाएँगे।
यकीनन!
मैं पागल हूँ।

54

'अभी अभी'

अभी-अभी
तो हवा चली है
अभी-अभी
एक नई
कली खिली है।

अभी-अभी
तो हुआ है सवेरा
बहुत लंबी रात थी
अभी-अभी
तो धोया है चेहरा
चहरे में
वो राज़-ए-ग़म की बात थी

55

'ये रास्ते'

हमेशा... चलते क्यों नहीं रहते?
ये रास्ते-
जो मुझे अच्छे लगते हैं
मुझे अपना कहते हैं

मैं कुछ भी करूँ
खुश होते है।
सब नया है इन
रास्तो में
फिर भी
अपना लगता है सब
ये रास्ते
मेरी कविता हैं
इन्हें मैं अपनी
ज़िंदगी बनाना चाहता हूँ
ये रास्ते
चलते रहते हैं
मैं ही हूँ जो रूक जाता हूँ।

56
हमारा कुँआ

जब मैं छोटा था
और इतना
मतलबी न था
तो
गाँव की हर यात्रा में
एक और चीज़ जुड़ी होती थी
हमारे खेतों में बनी
पगडंडियों पर
कुँए तक
मेरी तेज चाल मुड़ी होती थी

वहाँ पहुँचते ही
एकसूत्रता में
बंध जाते थे मैं और कुँआ
मैं कंकड़ फेंकता था
और

झट से जवाब देता था कुँआ
उस जवाब से
मैं समझ जाता था
कुँए के प्रति
मेरा प्यार एकतरफा ना था

फिर नीचे
उस कुँए में
मैं अपनी शक्ल देखता था
पहुँच
ना जाऊँ अपनी परछाँई तक
कुछ डर जाता था
लगता था
हमारा ही है वो कुँआ
जो हमारे खेतों में था

आज भी कुँआ
एकटक मेरी राह देखता होगा
मुझे
अपनी तरफ खींचता है वो कुँआ
पर अब
मैं वहाँ नहीं जाता
अब मैं बड़ा हो गया हूँ
अब और चीज़ें
मेरे लिए कुँए से बड़ी हो गई हैं।

57

खास हुनर

खालिक ने क्या
खास हुनर
बख्शा है तुम्हें
तुम तो
मौसम से भी
तेज़ बदलते हो

58

'कुछ कदम'

हुआ कुछ यूँ के
कुछ कदमों की आहट हुई
धीरे-धीरे
वो कदम
हमारे घर तक प्रवेश कर गए

उन कदमों को
हमारे घर की ज़मीन
कुछ इस कदर भा गई
कि उन्होंने लौटते समय
हमारे दिल का रास्ता चुना

59

'यूँ ही'

पहुँचना चाहा तो
सबने किनारों तक
ये नदी तो यूँ ही
उनके बीच बहती रही

सराहा तो
सबने गुलाबों को
ये ख़ार तो यूँ ही
उनकी हिफ़ाज़त करते रहे

वन घटे तो
सबने चिंता जताई
ये वृक्ष तो
यूँ ही दम तोड़ते रहे

इंतज़ार किया तो
सबने रात और दिन के मिलन का
ये तारे सारी रात
यूँ ही टिमटिमाते रहे

60

'मैं जा रहा हूँ'

तुम्हारी
ये चीज़ें
तुम्हें मुबारक
मैं जा रहा हूँ।

तुम्हारी
महफिलें
रात भर बजता संगीत
तुम्हें मुबारक
मैं जा रहा हूँ।

तुम्हारी
फिक्र,
समय,
प्यार
मैं ना माँगुँगा
मैं जा रहा हूँ

तुम्हारी
यादें,
मेरे पास रहने दो
इन्हें ना दे सकुँगा
मैं जा रहा हूँ।
तुम्हें अपनी कविता में बसाकर!